歌集

海泡石

三井　修

砂子屋書房

*目次

I

II

〈市民〉

装本・倉本　修

歌集　海泡石

かいほうせき

I

スパイス売場

樹でありし時間とその後の観音としての時間といずれが長き

瞳孔を開く薬を点(さ)されたるままに出ずれば世界は眩し

マロニエの木下(こした)を発ちゆく　マロニエの枝を束ねて積むトラックが

海鳥が降りていくのか鳥に向き海が寄るのか船より見つむ

木枯しに睫毛が震うさびしさはたとえば火星の衛星フォボス

井戸掘ると野に男らが頬染めて櫓組みいる祭のごとし

上総掘り

武器蔵に得意の武器を選ぶごとスパイス売場にスパイス選ぶ

寒気団

福寿草先ずは咲かせて野の花を次々開く早春の風

曇天の桜の下をくぐりきてわれの時計のはつかくもりぬ

春の午後椿の花を啄みし鵯(ひよ)は真っ赤な声を零せり

首長竜ほろびて七千万年の経ちてわが庭よぎる猫あり

空覆う朴の葉広しそのすきますきまに蒼き空の断片

巨大タンク都市の辺にあり幾万人殺むるに足る嵩の瓦斯充つ

引き波を新たに寄せ来る大波が越えゆく　我に父母のなし

おびただしきティラノサウルス上空に居ると思えり春の嵐は

寒気団今日は降りきて公園の鳩のどれもが驚きやすし

おずおずとこの世の風に触れしのち桜は一気に光となれり

鉄骨に火花散らして鋲一つ打ち終え人は空を渡れり

なぜ我は夢の中にてザグレブに居りしか帰ることに苦しみ

テーブルの紙のコップを緋の色の五枚の爪が攫いてゆけり

意味をのみ求める歌の会終えて出ずれば風のひるひると鳴る

胡桃

クルトンを朝のスープに散らす時気象予報士は開花を告ぐる

光りつつ枝移りするいとけなき命を我ら鳥と呼びつつ

利根川の水面（みなも）を跳ねて鯔（ぼら）の子は一瞬見たり花散る岸を

しばらくを薔薇見ておりし人去りぬ漂泊の僧の面差しをして

あやまたず予報の通り雨が降り午後の公園砂の濡れゆく

春の夜われはエイハブ船長のごとく怒りを一つ温む

ひっそりと担架の箱は立ちているホーム詰所の壁に沿いつつ

掌（てのひら）につね胡桃の実鳴らしいし晩年の父を思う春の夜

あの胡桃いずこ行きしや飴色の小さき脳（なずき）のごときあの実は

飛び来たる鴉が羽根を畳むとき春の光も共に畳まる

春風が吹けば裏木戸鳴り始むあばんぎやるどあばんぎやるど

切られの与三

今われは切られの与三(よさ)で牀上に点滴スタンド見つめていたり

ひそやかに携帯電話で話す声カーテン越しに聞こゆる夜更け

我の臥すこのベッドよりもしやして帰宅せざりし人のありしや

臓ひとつ摘(と)られて死より少しだけ遠のきたるや　サイレン聞こゆ

本日の夜勤は男性看護士で折り目正しき挨拶をする

肝胆の一つ喪い我が肝の虚しく闇を照らしているや

宿題を一つ終えたる心地する病める臓器の一つを摘れば

アラビア語字幕

「ひまわり」（一九七〇年、伊・仏・ソ合作）

ひまわりの畑を見つつ泣きいたり画面のソフィアも観客我らも

「地獄の黙示録」（一九七九年、米国、武装ヘリの攻撃の場面でワグナーが使われた）

言葉なく館を出でたり〈ワルキューレの騎行〉が脳裏に渦巻くままに

「用心棒」（一九六一年、日本、S&W No.1の発売は一八五七年）

卯之助のS&W（スミスアンドウエッソン） No.1　幕末ならば考証合うが

「怪傑黒頭巾」（第一作は一九五三年、日本、時代は幕末）

南北戦争払い下げらしき騎兵銃持つ黒頭巾　考証は合う

「羅生門」（一九五〇年、日本）

心とう闇の深さを知らざりきあの頃は　そして多分今でも

腕を振り目開きてする演説を聞きて思えりトーキーの訳

「独裁者」（一九四〇年、米国、チャップリン初の完全トーキー映画）

出張の飛行機の中で見し映画 Princess Mononoke 英語を話す

「もののけ姫」（一九九七年、日本）

市が言う英語を耳に追いながら目はアラビア語の字幕追いゆく

「座頭市」（第一作は一九六二年、日本。ダマスカスの場末の映画館で英語吹替アラビア語字幕のを見た。）

加東逝き木村、志村と宮口と三船、千秋と、最後は稲葉

「七人の侍」（一九五四年、日本、もう七人の誰も生きていない。）

少年の声は高くて短しもアメリカ西部に戦後のローマに

「シェーン」（一九五三年、アメリカ）、「鉄道員」（一六五六年、イタリア）

吟遊詩人――題詠「遊」

我を撃つ君の言葉にクラッチの如く遊びのありて届かず

吟遊の詩人にいたく憧るる少年なりき能登の七尾に

口遊(くちずさ)むアラビア古詩の中に湧く遥かな国のオアシスの水

遊牧の民の頭上を今し飛ぶ光は巡航ミサイルならん

狙撃者が遊底引けば熱き熱き薬莢光りて砂に跳ねたり

河豚の値を競ると真黒き布の中指握り合う　遊びのごとし

我々をホモ・ルーデンスとぞホイジンガ言いたり　〈遊ぶ人間〉の意ぞ

遊歩道歩みてゆけば街音の遠のき西洋蒲公英が咲く

学生期（がくしょうき）、家住期（かじゅう）、林住期（りんじゅう）を過ぎて今遊行（ゆぎょう）期の我であるらし

海泡石

そう、それを一杯下さい　新しき光を生みてやまざるソーダを

熟考の末の一手ぞ盤上に那智の黒石高き音立つ

自らの引きし傍線いぶかしむ半世紀前の文庫『歎異抄』

ちちのみの父の形見ぞ飴色のパイプはトルコの海泡石で

閃光に一瞬遅れて銃声を聞きしはかの冬パレスチナにて

上杉本洛中洛外屏風図にて都は黄金（こがね）の雲の下なり

鬩ぎ合う風と命と思いつつ空に羽搏く鳶を見ており

穴熊囲い

春の雨朝よりしげく降る今日は穴熊囲いの玉となるべし

補助線を一本引いて理解する一首ありたり　今日の歌会に

海望む硝子工房　青年が小さき太陽孵（かえ）していたり

ダマスカスなる骨董店にかの日見しローマングラスの青き光よ

榧の木の盤に日向の蛤の白石那智の黒石争う

wi-fiのしばしば途絶え苛立ちぬ乗り換え乗り換え都心へ行くに

人口のレンズが銀河のように今わが水晶体の中に拡がる

天幕

山荘は吹奏楽部の合宿か草越えてくる〈クワイ川マーチ〉

洗濯の好きな人なり二時間を履きたるのみの我が靴下も

昨日よりわずか痩せたる十六夜の月見ゆ一・三秒前の

頬と頬寄せて挨拶する習い我らになければ深く辞儀する

向日葵の黒き種採る　詩集編むために言葉を集めるように

おそなつの瀑布に近づきゆく蝶の危うかりしを夜更けて思う

ラテアート、今日は椰子の木　表には晩夏の光眩しき真昼

夕暮れに山羊のチーズを切り分けし銀のナイフは曇りていたり

野分吹く午後を籠りて読む君のこたびの歌集は挽歌の多し

人に倦む今宵は砂漠に天幕を張りて眠りに就きたきものを

いつか来るやも

紫陽花の咲き初め広場に子らの声響きて法案今朝通りたり

その夜の外は青葉の闇にして『沈黙』をまた読み直したり

白鳥ら頸を寄せ合うもしかして北帰の「共謀」なすとさるるや

歌会も或いは「共謀」なしいると思われる日のやがて来るべし

吟行の下見をしている我々を陰より監視する目のあらん

男の孫のあれば夜更けて妻の言ういつか来るやも知れぬいくさを

モノレール

風邪引きて声変われりと若者が受話器の向こうに低く告げたり

夕暮の梢が抱く暗闇に鳥は自ら小さき身を投ぐ

モノレール近づきてくる　中空のホームの鳩を驚かせつつ

金響(かなひび)きするやも鳩の緑色の頸は弥生の光を返す

洗腸剤苦しみ苦しみ飲みおれば外(と)の面(も)に淡雪しきり降りいる

昭和三十年合併により消滅

北の地に歌棄（うたすつ）なる村かつてあり心哀しき人ら住みけん

両の手で光を掬う潮騒の遠く聞こゆる春の丘にて

芝浜

先頭の車輛の床を踏みている幾百のヒールの尖(さき)を思えり

羽根という薄き余剰を得るために水溶き片栗鍋に流せり

〈芝浜〉は談志に限る女房が泣きて観客我等も泣きぬ

楡の木の梢に小鳥は降りてきて宙(そら)の寒さを告げてやまぬも

象を駆りアルプス越えしハンニバル冬の夕べに思えば愉し

今日得たる確かな感触シャンプーのポンプを押しぬ夜の浴室に

辛(つら)き時飲む故郷の塩サイダー送られてこず叔母逝きてより

天正遣欧少年使節

棄教また病死追放はた殉教　少年四人のその後のこと

小早川秀秋

いかばかり悲しき心に青年は裏切りたるや四百年前

薄墨の魚が泳げる　水底にその色よりも濃き影を曳き

老木にとりて芽吹くは苦か快か知らねど梅のまた芽吹き初む

ぬばたまの夜(よ)の暗渠航(ゆ)く船あるや足下(そっか)さやけき音の聞こゆる

夜の卓にラ・フランスは自らの影の歪(いびつ)を見つめいるなり

若草の色

大事一つ告げねばならぬことありて五十四階へ人を誘う

照明を落とししフロアに入りゆけばはや室内は森のごとしも

その昔風と鳥とが領しいし空間にいま我らもの食む

この宵はわりなきディナーでありたればワインはシャブリの最高級選る

街の中まだ炎熱かこの部屋の冷えて冷製のスープを掬う

ビシソワーズ銀の匙より雫する天井の灯を小さく映し

若草の色のテリーヌ輝きているに静かにナイフ沈ます

真白なる皿に鱸（すずき）のポワレあり小片なれど量感持ちて

ミルをもて砕きているはヒマラヤの岩塩にして淡き紅色

刺す言葉即ち刺さるる言葉なりズッキーニまたフォークを逸れる

忠告か小言か我が今酔いの深まる前に告げんとするは

核心にいつ触れんかなと思いつつおればメインのステーキとなる

もう君は言わるることを知りいるかふと始祖鳥の眼差しをする

告ぐべくは告げねばならぬ肉の皿下げられ次はデザートなれば

パイ

過ぎ越しの祭りの夜にアンネらは平らなパンを食べただろうか

海に入るまでのひたすらひたむきさ夏の利根川下る真水は

オーブンの中に林檎のパイはその焼き色深む　遠く人逝く

夜の更けに階下の浴室かすかなる水音のする　あるいはペガサス

甘酒を入れたる紙のコップ持つ　潰さぬように落とさぬように

かすかなる頷き合いがステージにありて静かに曲流れだす

流れゆく時間を逸れて不意に我が庭に来たれるこの尉鶲(じょうびたき)

直を三(み)つ重ねて矗(のぶ)という名前白瀬中尉はかかる人らし

若くしてアラブを旅しき　干上がりし鹹湖(かんこ)の白さ今に忘れず

水出ぬを英語でclaimしていたり夢の中にてホテルの主（あるじ）に

寺庭にほつほつと咲く冬桜　削ぎていくべし歌も暮らしも

ジャグリング

海近き丘に荊棘(いばら)の苑ありてくれない淡き一輪が咲く

ジャグリングする異国人(びと)を囲みいる人が八人犬が三匹

人間に怖(お)ずることなき鷗なり　少し汚れて我が脚に寄る

畸形（フリーク）の造形なれど水母（くらげ）らの身の伸縮の楽しげにして

水の母なれば幾億トンの水産みしや　子らに包まれ漂う

〈赤い靴はいてた女の子の像〉の横に屈みて共に海見る

陽の差すといえども春の岸壁の鉄の手摺は冷たかりけり

焚火

生と死の境の定かにあらぬまま夕べの苑に草は紅葉す

突然の驟雨の橋に鉄製の欄干けものの匂いを放つ

梢より今し飛び立つ鳥のいてその柔(やわ)き腋白く光りぬ

目薬を点したる刹那晩秋の世界まるごと水漬きゆきたり

飛行機雲見て戻したる眼差しに杭の翡翠もはやおらざり

何もかも知り尽くしたるごとくにも幼子小さき溜息をつく

マフラーをまた忘れたりこの次は己の心もどこかに忘れむ

玻璃窓を滑りてゆける水滴はあまたの水滴巻き込みて落つ

江戸川の鉄橋手前にいつも見る〈玉三白玉粉〉なる看板

晩秋の御堂の内の観音の裳裾の流れは影を伴う

ネットでたまたま見た。

〈ファブリー病の診断　における問題点〉講じる我が子の真面目なる顔

冬枯れの枝を集めて焚きたしと思えどこの街焚火許さず

ラグビー

どのような決意のあるや群れ泳ぐ鴨の中より一羽が離る

降りしきる楓紅葉を浴びおればそこのみ時間の淀めるごとし

試歩の人それに付き添う人ともに秋の静けき楡の下ゆく

旧約の女のごとく君は今夕陽に燃ゆる街を振り向く

星座いまなべて揺れたる心地する鞄にスマホの不意に鳴る時

ラグビーのように斜めに並走し老いゆく我ら兄弟にして

晩秋の都市公園の隅にある締めても締めても水洩るる栓

クロワッサン

広重の絵ならば黒く細き線わが濡れていく真夏の雨は

朝窓の光の中にあまたなる欠片零してクロワッサン食む

犬居らぬ犬小屋なれどその奥へ秋の日差しは深く差し込む

白線のヒトガタ失せて道端の花も萎れぬ旬日過ぎて

夜の更けのターミナルより次々とバスが発ちゆく明日へと向けて

はつ夏の陽の差す真昼の花舗の前少女が次々鉢を並べる

サムニー先生

学生時代、アラビア語を教わったのはエジプト人教師のアリー・ハッサン・エル・サムニー先生、鷲鼻で長身の強烈なナセリストだった。

ナセルの死悼みてひと月休講となしたり我らのサムニー先生

ナセル死し服喪のサムニー先生の鳶色の眼を今に忘れず

我々学生は単純にただ休講がうれしかった。

蒙昧の学生たちと悲しみを頒(わか)てず先生悲しかりけん

キャンパスは立て看板に埋められて暑かりしかなかの年の夏

ただ砂が見たかっただけアラビア語志望の我の真の動機は

三島由紀夫割腹の時は神田古書店街にいた。
緊迫の動きは逐一ラジオより流れていたり店また店に

II

〈市　民〉

動物園前の交番　警官は所在なさげに外を眺むる

〈恩賜〉なる言葉いささか煩わし濡れてか黒きそのプレートに

秋霖の空へ弓引くブロンズのヘラクレスなり黒く濡れつつ

百年を考え続けてブロンズの男は濡るる上野の森に

ロダン作「カレーの市民」

ここよりは免振台座、のぼるなと〈市民〉は我の寄るを拒めり

秋冷えは歌をメモするわれの手を止めさせ小さき嚔(くさめ)をさする

七草

何を捨て何を得るべしこの年はカーテン開ければ新年（にいどし）の陽よ

もう一歩、そうもう一歩新しき光の中に歩み入るべし

雲分けて差す新光(にいひかり)浴びながら朝の冷たき大気を吸いぬ

地に敷ける山茶花の花新年の粗き光に輝きやまず

朝の陽に山茶花の花の中の蕊そり返りつつ輝きており

庭よぎる猫が立てたる尾の先に新しき年の光が結ぶ

庭先のエリカに猫に陽が差せりひかりは命いのちは光

年明けて餅食い終り早々と去年(こぞ)の続きの稿を書き継ぐ

枯れ芝の葉先が細かな刃となりてわが前にあり元旦の朝

雪のなき正月に慣れ半世紀庭の芝生は淡き枯色

七草を入れたる粥のよろしさよ松の明けたるわが身を浄む

湯島

天神の春の陽差しにわが頭（ず）より発芽するものある気がしたり

この春を善男善女に紛れいて昨日の憂さの少し晴れたり

咲きゆくに遅速のありて開きたる白梅のそばの紅梅つぼみ

三つ四つ志望校書く絵馬の中一校のみを書くもありたり

白梅の咲く下日光より来たる猿が竹馬操りており

言葉より確かなものは光なり花を咲かせて猿を跳ばして

いろいろな碑や塚の立つ境内にあまたの人と一匹の猿

茶色の瓦

齟齬ひとつありたる夜の静寂に砂とぶ音の幻聴のあり

マッチ擦る鋸を引く　人間の手はその昔働き者で

春の雨降る午後我が字の葉書着く〈転居先不明〉の付箋をつけて

高空（たかぞら）は冷えつつあらむ白き雲細く曳きつつ航くもののあり

改築の隣家に今日は南欧の茶色の瓦葺き始めたり

黄金の濃ゆき光を満たしたる窓辺の棚の蜂蜜の罎

からくり人形

からくりの人形〈徳川宗春〉は白牛に乗りせり上がりくる

いま生(あ)れしばかりの鉄の灼熱の流動美し湯地口ゆ垂る

たたら製鉄

帽を振ることが即ち永遠の別れを意味する時代がありき

家族性高脂血症とぞ長の子の塩基配列われより継ぎて

バゲットを冬の指先もて割けり朝の光の差しくる卓に

銅製の打ち出し鍋に窓越しの冬の陽さしてキッチン華やぐ

重力波観測されたりわが庭の花桃しずかに膨らむ季(とき)に

心憂く来たれる昼の手賀沼の水面（みなも）は粗く煌めきている

出刃や菜切

口中に残れる螢烏賊の眼のように気になる君の言葉は

今宵よりイスラム世界は断食に入(い)りたるらしも　夜更けて暑し

謀(はか)られていたりと思うはつなつの夕べの我に蚊の纏われる

ダンカンのように思わぬ死のもしやわれにあるやも　夜の水飲む

マクベスに殺されたスコットランド王

断雲の炎(も)えて静かに流れゆく下を歩まん背筋を伸ばし

コンパクト・ディスクすらをも切り刻むシュレッダーあり我が書斎には

日本橋木屋の玻璃戸の内側に出刃や菜切が光りて並ぶ

画眉鳥

石道に揺るる木洩れ日踏まんとしまた踏み外す風の吹く時

明日あたり梅雨の明くるか我が歩む石の道には木洩れ日の鋭し

聞こえくる声の主は画眉鳥と教えてくるる大下和尚は

故もなく泣きたくなること折々にありぬ竜胆眺める今も

境内の夏草しばし眺めたるのちに向かえり今日の大事へ

鯛――悼・大森益雄君

一枚のファックス日暮れのわが部屋に吐き出されたり　君の死を告ぐ

蜩の熱く啼きいる夏の夕　君の死を知り我は昂る

君の死を知りて目瞑るひとときも庭には蜩しきり啼きいる

朴訥で少し訛れる君の声耳朶に残りて晩夏の更ける

君の死の後に読みたり「短歌人」編集後記の君の言葉を

「体調は悪いが心は前向き」と　君の最後のメールは消せぬ

身巡りに逝く人多きこの夏の終わりを告げて蜩が啼く

ジョガー

長雨の続く真昼の沼の辺(へ)を歩めば靴下はつかに湿る

沼の面を雨が叩きてさらにその上を噴水のしぶきが覆う

盃の形に放たれたる水のたちまち落ちて沼面を叩く

これよりは人の入(い)るなと張られたるロープの上を蝶は越えゆく

死魚一尾沼に浮きいるその白き腹をわずかに膨らませつつ

次々とジョガーが追い抜く秋の道我はこの世に取り残さるる

地球儀

傾ぎいし世界たちまち直りたりケーブルカーが発ちたる刹那

萩の花屋根に貼りつくデイケアの迎えの車が隣家に止まる

今のわが齢(よわい)に心臓麻痺により斎藤紀一は身罷りしとぞ

斎藤茂吉養父

机（き）の上の古き地球儀窓越しの冬日はソヴィエト連邦照らす

セキュリティ・システム健気に働きて隣家の庭先灯りが点きぬ

若ければ何でもできる　夕暮れの舗道に萩の花の散りいて

護摩壇

老僧の衣の裾を背後より整えている若き僧あり

護摩壇のそばの太鼓を若き僧が叩かんとして袖たくし上ぐ

両脚を踏んばり太鼓打つ僧の額の汗にも火は揺らぎいる

火にかざす札（ふだ）の表はたまゆらを明るみてまた翳りてゆけり

堂内の冷気をいたく喜びて壇の焔（ほのお）は伸縮をする

本堂の屋根ゆるやかに反りていて睦月の明るき日差しを溜める

黒パン

バルトより吹きくる風にネヴァ川はわずか濁りて小波（さざなみ）の立つ

ラスコーリニコフ住みいし部屋に案内<ruby>さるかの小説の設定として

下宿より老婆の家まで七百と三十歩とぞこれがその道

何鳥か知らねど川面へ降りてゆく降り立つ刹那脚を立てつつ

聖堂の屋根は玉葱、タマネギは夕陽を返し金に輝く

黒パンの酸ゆきを食めばいきなりに哀しみが湧く古都のホテルに

奈翁きてナチス軍来てなお落とせざりし街なり柳絮飛び交う

地霊

倒立は楽しきかもよキッチンのマヨネーズまたケチャップ容器

今日我は背中の双（そう）の翼（よく）たたみ上りゆくなりこの歩道橋

ひなたより青葉の闇に入りゆきぬ浅き汀を越えゆくごとく

イスラムの思想に遠くまた近く生ききて我の『クルワーン』古りぬ

胴吹きの銀杏のいまだ小(ち)さき葉に触れて急ぎぬバス停への道

地下駅を抜けて地上に出ずる時従きくる地霊も眩しからんに

眠りいる間に外れしイヤホンゆ車内にゴスペル滲みていたり

堂内に広目天が踏みている邪鬼の表情恍惚と見ゆ

旧姓とう甘やかなるものある人と銀杏並木の下を歩めり

案の定

アフリカのナミブ砂漠に咲くという花の名前は〈奇想天外〉

次々と口より釘をたぐり出す大工を怖れき幼き我は

星光（ほしかげ）と思いていしがかすかなる爆音伴い夜空を渡る

みどりごの顔のみるみる赤らみて泣くと見おれば案の定泣く

やがて地に落ちて死すまで数カ月朴の葉宙の生を楽しむ

如月の空は気まぐれ雪雲の去りてたちまち深き青空

最上川

芭蕉また茂吉の詠みし大河なり五月の雨後の光きらめく

救命のジャケット黄の色鮮(あざや)けく着ればわが身のはつか華やぐ

いと軽き黄のジャケットの表には発光器また笛などが付く

舟床に立てばいきなりわれの身のおぼつかなきを知りてしまえり

船頭が戯れ言えば他愛なく我ら笑えり高き声上げ

その深き曲（くま）より暮れてゆくらしき最上川なり　みどりに流る

オカリナ

晩白柚(ばんぺいゆ)空に投げたるような月浮かびて夏の夜のまだ暑し

観覧車その頂きにきたる時沖に抜錨の黒き船見ゆ

月下美人咲きそうなるゆえ見に来よとメールが届く夏の真昼に

人に言う事ならねども泣きながら歌うことあり　この夜もまた

跳躍の前にイルカがその裡にひそかに溜める力を思う

夕べ吹く陶のオカリナ火の記憶持ちているべし握れば温し

新宿・鉄砲隊百人組

騎馬武者の率いる鉄砲百人組秋の運動場へ入りくる

入りくる鉄砲足軽大半が眼鏡をかけてレンズが光る

ざわめきていたる人らの静まりぬ火縄の銃が構えられれば

一斉に白煙吹きて聞こえくる音にわずかの遅れのありて

鎧武者乗せて来たれる一頭の栗毛が柵に繋がれている

銃声に怯ゆる幼(おさな)これの世に汝(なれ)が初めて聞きたる銃声

実弾を撃つ音君の一世(ひとよ)にて聞くことなけれ　秋の陽高し

外は嵐で——堺紀行

亡き母が幼き我に教えたる「海こいし」の歌　碑に彫られいる

「海こいし潮の遠鳴りかぞへつゝ少女となりし父母の家」　与謝野晶子

再現の駿河屋菓子舗帳場には黒ずむ五玉の算盤がある

一枚の旅券に自署の墨の字の夫より薄く志やうと記す

戸籍名、与謝野志やう

陵(みささぎ)の森の梢が戦ぎいる明日の嵐を予感させつつ

五代目は首傾けて炉の中の火の色見つむ　外は嵐で

青年が打つ灼熱の鉄塊が火花を放つ薄闇のなか

新しき刃物があまた並ぶ店　鋭きものはみな美しく

休眠打破

皿の上(え)の鰈を表の十の字の切れ目より割(さ)く　冬の箸もて

撓む枝(え)にかすかに羽搏く尉鶲(じょうびたき)おのれの重さにたじろぎながら

硝子戸に結露が流れその細き筋の向うに雪が降りいる

今朝もまた小さき指が近づきてゆくはアドベント・カレンダーの窓

ポルトガル航海王子エンリケは自らはひと生（よ）航海せざりき

夕陽色、いやアラビアの砂の色　卓上にある枇杷の熟れ実は

今日のこの寒さは桜の木にとりて休眠打破か　人らは急ぐ

アミメキリン

時計屋のあまたの時計その中にいきなり反転する針なきや

終バスのステップ降りて三月の月差すうすき闇に立ちたり

フローリングの床に春の陽延び来れば木は思い出す山の雪消（ゆきげ）を

おのが身の特徴もろに言われいるアミメキリンの恥ずかしからん

利根川は夜を眠らぬ　月光を微塵に砕き揺れ止まぬ水

装甲の蟻

花虻が花より発ちてわが裡の銀の天秤はつか傾く

池中(いけなか)の石に亀乗りその亀にまた亀が乗り真昼静けし

風吹けば真昼の枝垂れの桜の木ひかりの雫零し止まずも

園児らを乗せたる手押し車行く桜散る下大人が押して

霊堂の老いたる藤の粗幹(あらみき)を装甲の蟻が下りゆくなり

春風がふと量感を持ち始め白木蓮の花を揺らせる

噴き上げの水立ちて焉(や)みまた立ちぬ空の何かを摑まんとして

運河

利根川と江戸川繋ぐ運河なり五月の光を返して静か

動かざる水と思いていたれども運河の鴨はゆっくり流る

はつなつの運河の上に渡さるる鯉幟たち　一つよじれる

酒蔵の前の石榴の朱(あけ)の実はいまだ稚(おさな)く含(ふふ)み笑いす

休日の案内なれば五代目はポロシャツ姿にサンダルを履く

勧められ大吟醸を試飲して微酔の我は風を踏みゆく

細（こま）やかな光が統べるはつなつの運河の橋を電車が渡る

今日は淋しい

鉛入りエプロン重し街中(まちなか)の歯科医院にも蟬声聞こゆ

人と飲む時は楽しく独り飲む時は淋しい　今日は淋しい

ゆっくりと時の流れを解きつつ高速道を降りてきたれり

鳥影がひとつよぎりてゆきし後夏の広場のにわかに翳る

出囃子は何とディイビー・クロケット昇太の眼鏡がきらりと光る

多分あのハープ奏者の右足はペダル踏みけんドレスの下で

クレソンにかけたるバルサミコ酢なり今宵の我の心立たすは

夏雲の高く聳ゆる午後なればまたも行きたし見知らぬ国へ

Ⅲ

椎の木

長町の武家屋敷行く黒猫の金のまなこの二つが光る

巨いなる椎の木二本並び立つ赤き煉瓦の建物の前

金沢の三百年を見てきたる椎の木なりと言われて見上ぐ

午後の陽は城の扉の乳型の金具の影を鋭く立たす

緋の袴まとう少女が秋の昼社(やしろ)に売りいる吉凶あまた

ジグザグに折り返しつつ坂下る川の流れを間近に見むと

何をする人と知らねど川の中歩む人あり長靴を履き

奥能登晩秋

能登島を望む秋日の公園に我らは歌碑の字を読み泥む

暗緑の秋の能登島発ちて来し白きフェリーが波止場に着きぬ

そのかみの廻船問屋の庭の奥抜ければすなわち日本海なり

豪農の家の欄間は透かし彫り貝の吐息の蜃気楼(かいやぐら)なり

この旅の終りに見たる千枚田波立つ海へ雪崩るるごとし

行き過ぐるどの里もみな柿の実をさわに垂らして奥能登晩秋

春潮

故郷の能登の早春波の秀（ほ）の岩を奔れる父母なき里よ

おちこちの潮のたまりが春の陽を鋭く返す故郷の海

岩の上走る波の秀(ほ)早春の光をしばし躍らせており

春潮が巌（いわお）に砕け散りて退く次の間までを小蟹が遊ぶ

春に散る波の頭（かしら）がたちまちに次なる波に呑まれてゆけり

春潮に抗い沖へ行く鳥のただ一羽あり波頭越え

大波のひすがら岩に寄せて散りまた寄せてくる春の半島

アキアカネ

ふるさとの能登の山見ゆ此度(こたび)こそ家を毀(こぼ)たん算段のため

ふるさとの里につつーっと飛びているアキアカネあり薄(すすき)の上を

柿の実は今年も庭にたわわなり秋の光を喜びながら

能登地震以来誰もが入らざる蔵に入りゆく戸をこじ開けて

古き戸をこじ開けおれば村人の訝(いぶか)るらしも声を掛けらる

箪笥開け生母継母の数多なる着物に兄と途方にくるる

遺影なる長兄仏間に残すまま戸を鎖(さ)して出る午後の日差しへ

和蠟燭

能登七尾高澤蠟燭店製の和蠟燭なり今宵灯すは

朽ちてゆく能登の家より持ちて来し和蠟燭なり灯して淋し

何ゆえに父は華やぐ蠟燭を求めたりしか三十年前

柔らかく太き炎の立ち上がる亡き父母に繋がる炎

櫨(はぜ)の実を蒸して絞りて能登びとは蠟を作りき冬の夜なべに

花の無き冬は花の絵描きたる蠟燭の火を死者に手向けき

その繊維撚りて華燭の芯とせし故に灯心草と呼びにき

峡の村

気動車は能登路に入りぬこの度は母の着物を処分する旅

第三セクター「のと鉄道」

ドア前にしばらく立ちて気づきたり釦(ぼたん)押さねば開かぬことに

裏山に郭公が鳴き父母(ふぼ)兄(あに)の眠れる峡(かい)の村静かなり

こんなにも明るい村でありしかな広き農道トンボ飛びいる

帰るたび猛(たけ)くなりゆく木立にて囲まるる家　この夏更に

生と死はこの家にてはひと続き暗き仏壇の前に座りぬ

時間とは光か　幼き日の夏陽、今日我が座す仏間の暗さ

生母また継母の残しし着物なり処分するとて人を呼びたり

丁寧に畳まれある故亡き人の几帳面さを人は褒めたり

妹や姉もしおらばどのようにしたであろうか母の着物を

我らには分からぬ着物の名前など言いつつ人は仕分けしてゆく

次々と死者の着物は仕分けされ包まれゆくを死者も見守る

風呂敷を車に積むを手伝いぬ荷の重ければ遺品であれば

母たちの魂この家を抜けていく大風呂敷の七つが出でて

生母また継母それぞれわが裡にもう一度死す着物失せれば

「花嫁のれん」は旧加賀藩領内の風習

幼な日の記憶に残る鶴の絵の花嫁のれん見つからぬまま

亡き人の指紋のあまた残りいる灰皿もまた躊躇わず捨つ

死よりまだ数歩離れている我は死者の残ししものを捨て果つ

滅びゆく家を見守りいる柿と思いておりしが樹も老いており

淋しさの沼から這い出て明日よりの確かな生のために出でゆく

さは言えど

奥能登の古刹の厚き茅葺の屋根は昨夜の雨滴らす

菊薫る朝(あした)の卓に食みている小鯛の干物の肉厚きかな

発電用風車が今朝は回りおり昨夜(よべ)に佳きことありたるごとく

のどぐろの売られいる店過ぎてまたのどぐろ売らる　雨の朝市

幼子の声の聞こゆる能登の昼　蕎麦は檜(ひのき)の葉に盛られいて

土地無きが故に傾斜を耕して千枚田とぞ我らの祖(おや)は

継(つぎ)の母眠りいる街この度は素通りをする友どちおれば

さは言えど能登はふるさとわたなかに首をもたげる龍の形す

龍の文鎮

十八年住みてその後の五十年時折訪う地となりたり能登は

籾殻を探り林檎を取り出だす喜びありき冬の能登にて

ある日ふとバスに鼻先無くなりき能登半島に我は子供で

人住まぬ家より持ち来し青銅の龍の文鎮　雪の冷たさ

柿の実のいまだ稚し熟しても誰も取らざる故郷の庭

躊躇（ためら）いの末に選びぬ故郷の鰤起こし詠む一首であれば

雪降る国砂降る国

雪の降る国出で砂の降る国へ我は行きたり温（ぬる）さを厭い

校庭の隅の百葉箱の中硝子の温度計などありき

二カ月の後には雪の下ならん父母の墓石に深く頭(ず)を垂る

思慮浅く生きて来しかな故郷に居（お）りたる頃も離れし今も

焼き上げし能登牛一片　振りかける白き粒また能登の塩なり

寝ねぎわのわがまならうらに故郷の川上りゆくいさざが光る

ふるさとの能登の荒磯（ありそ）に月の下砕ける波の白さを思う

能登地酒「竹葉（ちくは）」飲みつつ兄とするやがて廃屋壊す算段

脇差

人住まぬ家の蔵には赤錆びの脇差はあり抜き身のままに

故郷の家に代々伝われる物の一つぞこの錆び脇差は

幼き日何も思わず見ておりし脇差今は昂りつつ見る

はやそれは錆びて光を返さねど刃先に我の指当ててみる

指の腹あててみたれば赤錆びの脇差かすか湿りを帯ぶる

鞘は失せ錆びてはおれど切っ先は人を殺めしことのあるやも

屋敷蛇

とうとう能登の実家を解体した。敷地あとには砂が敷かれていた。

春晴れの真昼であればタクシーは使わず徒歩で山一つ越ゆ

少年の頃に怖れし〈神隠し〉ありし村なり今日は明るし

陽を返しただに眩しく光りいる白砂　山の湖に似る

わが族散り散りとなり残りたる敷地に影を落とすものなし

挨拶をせむと訪いたる隣家に応うる声無し野良の仕事か

憩う陰なければ鋭き光浴び砂の上にて立ちつくすのみ

錆び刀壊れ鎧が転がりていたる土蔵がこの辺りなり

祖(おや)たちが買い集めたる田や畑我らの代で手離さんとす

あの家を出でたる一人　九十と余歳の叔母に心で詫びる

いち早く砂の間に芽を出だす草ありわれらが棄てたる土地に

屋敷蛇かの長大なシマヘビの何処行きしか家毀(こぼ)たれて

駅へ行く道に踏み出す　白砂の光を背後に痛く感じて

家はもう無きにスマホはまたも告ぐ七尾市大雨警戒警報

沼空の墓

昨日来し人のありしや新しき榊の枝が供えられいる

墓石また巡りの白砂かなたなる木陰いずれも陽に静まれる

砂に立つ墓碑に真昼の陽の差せば彫られし文字の黒さ深まる

陽の下の墓碑に触るれば指灼ける能登の羽咋の海の近くに

禱りとう久しくせざることをする能登の羽咋の墓碑に向いて

わが里の能登にてあればこの墓の真冬の様も思いてみたり

半島に眠る二組の父子思う　折口親子、我の父兄(ちちあに)

こきりこ節

隧道を潜り橋越え合掌の里へと入りゆく我らのバスは

冬近き五箇山の里どの家も軒に高々薪を積みいる

合掌の里を見下ろす丘の上サルビア凛と咲きておりたり

秋霖は傾り激しき茅葺の屋根に音なく沈みていたり

手斧跡しるく残れる梁の下　馬の草鞋というが下れる

囲炉裏火のそばで薬湯いただきぬ主(あるじ)のこきりこ節を聞きつつ

黒光りする太き梁に巻かれたる荒縄のみが新しき家

流刑小屋

雨の中、加賀藩の流刑地であった越中五箇山を訪れ、朽ちかけた流刑小屋を見た。中に流人の人形が置かれていた。加賀騒動の「首謀者」大槻伝蔵がここに流されたのは延享五（一七四八）年のことだった。

政争に敗れたる故この山に流され竜胆などを育てる

日中は畑耕し夜は小屋に押し込められぬ監視の下に

謀（はか）られて流されて来ぬ橋の無き川と険しき山に囲まる

我に科ありや否やと薄暗き小屋のなかより聞く声がする

組織にて生きれば貶めらるることありと答えぬ傘差す我は

延享の流人と平成末の我声無く会話す格子隔てて

雨さえも小屋に吹き込む雪の日はいかばかりにか　人形静か

砺波野の散居村行く車窓より見ゆる家々樹を巡らする

黄金の燭

鉄橋を気動車一両渡りゆく秋の重心移動させつつ

逆光に氷見の山並かぐろくて彼方は我のふるさと能登なり

千年の間（ま）に生じたる洞（うろ）に根を張る寄生木（やどりぎ）の青々として

時空航(ゆ)く破船のような大銀杏割れたる太幹白く曝して

風吹けば大き銀杏の梢より葉は散る黄金の旋律として

一千と何百回の黄葉か銀杏は大き黄金の燭

大いなる銀杏は己のたましいを絞りて零す異臭する実を

自らの老いを嘆かずひと秋に零すその実の千リットルとぞ

あとがき

この歌集は二〇一六年五月に刊行した前歌集の『汽水域』以降、二〇一八年末までの「塔」並びに総合誌紙等に発表した作品四五三首を収めた私の第十歌集になる。この期間は、長く空き家になっていた能登の実家を取り壊したこと以外には、身辺にそれほど大きな出来事はなかった。ただ、この期間たびたび能登へ帰っていたので、能登やその周辺の作品が多いことに気がついた。今回は思い切って、そのような作品だけでⅢに纏めてみた。

それにしても、原稿を纏めていて我ながら進歩のないことに改めて愕然とする。しかし、前へ進むためには、これまでの進歩のなさを歌集という形で自ら確認しておく必要があるだろうと思い、拙いながらもそのまま纏めることにした。

いつもお世話になっている「塔」の吉川宏志主宰を始め、選者、会員の皆様には改めて御礼を申し上げたい。また、第十という節目になる歌集を「現代三十六歌仙」の最後に加えて下さった砂子屋書房の田村雅之社主、髙橋典子さん、そして丁寧な装丁をして下さった倉本修さんにも心から御礼申し上げたい。

三井　修

二〇一九年四月

塔叢書第三五二篇
歌集　海泡石
二〇一九年七月二一日初版発行
著　者　三井　修
発行者　田村雅之
発行所　砂子屋書房
東京都千代田区内神田三―四―七（〒一〇一―〇〇四七）
電話　〇三―三二五六―四七〇八　振替　〇〇一三〇―二―九七六三一
URL http://www.sunagoya.com
組　版　はあどわあく
印　刷　長野印刷商工株式会社
製　本　渋谷文泉閣